1급수

1급수

박시종 생각타래

21세기북스

"
인간의 마음은
민주주의 첫 번째 집입니다.
"

차례

여는 글　생각의 향기　9

제1장　## 연화무염(蓮花無染)

부끄러운 마음　12

반성문　14

약한 이들의 벗　16

굽히지 않는 영혼　18

지금, 우리는　20

별의 마음　22

바빌론의 붕괴　24

빨간 신호등　26

검색에서 사색으로　28

아듀 트럼피즘　30

군자구제기　32

왜 안 되는데?　34

나의 꿈　36

제2장   겨울나기

죽음의 땅   40

전쟁의 일상화   42

각자도사(各自圖死)   44

부모를 잘 만나는 능력   46

교육 망국   48

친구가 없는 아이들   50

대학 무상교육   52

화려한 불행   54

서울공화국   56

타락한 사회   58

전쟁과 평화   60

냉탕과 온탕   62

아베의 그늘   64

어깨동무   66

사회적 연대   68

아포칼립스   70

제3장 세상의 모든 나들

이순(耳順)의 생각   74

새벽기도   76

고백교회   78

기독학생회   80

당신 뜻대로   82

통곡 자국   84

흔들리며 피는 꽃   86

위장취업   88

촛불처럼   90

바보가 돼라   92

김대중 산맥   94

조화로운 삶   96

아니 온 듯 다녀가소서   98

포토노이아   100

시민의 힘   102

노무현길   104

신념과 의리   106

오월어머니   108

디케의 저울   110

1급수   112

새로운 진보   114

닫는 글   뿌리 깊은 나무   117

박시종이 걸어온 길   118

생각의 향기

책은 읽힐 목적으로 씁니다.
출판기념회 책은 예외라지만.

작은 책을 만들었습니다.
같이 여행을 떠나듯 읽어주시기를….

'말은 쌀이고, 글은 밥입니다.'

말이 넘쳐나는 세상입니다.
잘 익힌 글을 되새김질하는 것이 되레 낯선 풍경입니다.

글은 생각의 여과로 빚어진 술입니다.
맛도 있고, 향기도 있고, 마신 기운도 느껴야 합니다.

제 글이 금목서를 닮지 않았다면
제 생각이 성긴 까닭입니다.

제1장

연화무염(蓮花無染)

지난 10월 26일 문재인 전 대통령의 트위터.

"연화무염(蓮華無染).

연꽃은 진흙에서 자라도 더럽혀지지 않는다.

진흙탕 같은 정치에서 꽃을 피워야 하는 정치인들이

특히 새겨야 할 가르침입니다."

부끄러운 마음

"죽는 날까지 하늘을 우러러
한 점 부끄럼이 없기를…"

서늘한 맹세는 한때의 호기였을까?
정치가 이성을 잃어갑니다.

도덕성이 무너져도 개의치 않고
성찰 대신 막말이 난무합니다.

무수오지심 비인야(無羞惡之心 非人也).
잘못을 부끄러워하는 마음이 없으면 사람이 아닙니다.

부끄러워하면 관용이 따라오지만,
국민의 인내심은 바닥입니다.

반성문

희망이 보이지 않아 절망하는 시대,
나는 무엇을 위해 평생을 싸웠을까?

어디 한 군데 멀쩡한 곳 없어 보이는,
이 가혹한 세상에 내 책임은 얼마나 큰가?

권력은 수단일 뿐이라 자부했는데,
더 지독한 기득권이라는 지적은 쓰라립니다.

재물을 탐하지 않았다 소리쳤는데,
당신들도 다를 바 없다는 비판은 참혹할 지경입니다.

어느덧 꼰대가 되어버린 86세대 동지들!
우리의 잘못, 석고대죄 합시다.

약한 이들의 벗

"강자에게 비굴하지 말고, 약자에게 교만하지 말아라."
고등학교 때 국어 선생님이 간곡히 말씀하셨습니다.

그 말씀을 여태껏 품고 사는 이유는,
그렇지 않은 세상에 대한 도전 때문입니다.

선생님은 1등을 위해 존재하지 않습니다.
국가도 강자를 위해 복무하는 것이 아닙니다.

약하고 부족한 이들의 벗,
그 길이 정치의 소명입니다.

굽히지 않는 영혼

줄을 잘 서야 출세한다,
현실 정치에서 가장 많이 듣는 조언입니다.

김대중, 노무현을 경험하고서도
권력에 줄 서라는 훈계는 얼마나 비루합니까?

한때 정의를 위해 싸워온 벗들조차
침묵하고 순응할 때, 차라리 참담합니다.

그럴 때 꺼내 보는 노무현 대통령님의 말씀.

"결코 굽히지 않는 영혼이 성공할 수 있다는
하나의 증거를 꼭 남기고 싶었습니다."

지금, 우리는

모두가 남루한 시절
밥은 하늘이었습니다.

모두가 숨죽인 시절
자유는 시가 되었습니다.

나라가 결딴난 때
눈물의 강을 건너고,

정권이 미쳤을 땐
촛불로 겨울을 이겨냈습니다.

기적의 나라, 대한민국.
그런데 지금, 우리는?

별의 마음

잠깐 화려하게 빛난 후
어둠 속으로 사라지는 불꽃.

별을 꿈꾸지 않기에
정치가 점점 폭죽을 닮아갑니다.

나태주 시인은
"오래 보아야 / 사랑스럽다"는데,

엷은 미소로 오래 기억할 수 있는,
그런 사람들이 그립습니다.

막막할 때 고개 들어 찾는 별,
그것이 정치입니다.

바빌론의 붕괴

믿을 신(信) = 사람(人) + 말(言).
사람의 말은 믿음이고, 믿을 수 있어야 말입니다.

믿을 수 있으면 신념이고,
믿을 수 없으면 처세입니다.

서로를 지키는 것은 신뢰이고,
서로를 허무는 것은 불신입니다.

천금은 옛말일까요?
말의 무게가 비눗방울보다 가볍습니다.

바빌론의 붕괴를 기억합니다.
그 시작은 언어의 혼란이었습니다.

빨간 신호등

다른 색이 더해져 그림이 되고,
다른 음이 더해져 노래가 됩니다.

사람도 마찬가지여서
다른 생각이 더해져 모듬살이를 합니다.

팬심은 형형색색 착한 마음입니다.
팬덤은 흑백논리 나쁜 마음입니다.

분리, 배제, 증오, 악마화…,
팬덤이 가리키는 빨간 신호등입니다.

다름의 가치를 인정하는 것,
그것이 민주주의입니다.

검색에서 사색으로

지난 대선은 유튜브가 지배했습니다.
알고리즘 민주주의로 불렸습니다.

편향적일수록 돈이 되고,
적대적일수록 환호 받았습니다.

진영은 성역이 되었고,
비판은 분열과 동의어였습니다.

손가락이 머리를 대신하는 시대,
양심과 지성은 마비되었습니다.

검색에서 사색으로!
다시, 생각이 힘입니다.

아듀 트럼피즘

이민자의 나라에서 이민자를 공격하고,
자유의 나라에서 좌파 몰이를 선동하고,

'1인 미디어'로 레거시 미디어를 농락하고,
심지어 국회의사당조차 무력 점령하고,

기후 재앙 같은 보편적 책임 따윈 저버리고,
동맹을 조롱하거나 비용을 전가하고,

수십 개 혐의로 기소돼도 지지율 1위,
심지어 '성경적'이라는 칭송까지 받는 트럼프.

사이비종교, 그 이상의 트럼피즘.
아듀 트럼피즘!

군자구제기

군자구제기 소인구제인(君子求諸己 小人求諸人)
〈논어〉 위령공 편에 나오는 말입니다.

군자는 모든 것을 자신에게 찾고,
소인은 모든 것을 남에게서 찾는다는 뜻입니다.

졌잘싸(졌지만 잘 싸웠다)는 대표적 오류입니다.
스스로 토닥토닥, 책임은 외부로 넘기는 것입니다.

첫 단추를 잘못 끼니 모든 것이 엉켰습니다.
평가는 유보됐고, 비판은 금기시되었습니다.

민주주의는 긴장과 갈등이 없는 상태가 아닙니다.
긴장과 갈등을 끌어안는 인프라가 민주주의입니다.

왜 안 되는데?

92년 대선 때, 저는 김대중 후보 비서였습니다.
'DJ 불가론'에 맞서 싸웠습니다.

지난 대선 때, 저는 이낙연 후보 곁을 지켰습니다.
'호남 후보 불가론'을 무너뜨리고 싶었습니다.

계급, 피부색, 성별, 연령….
인류 역사는 불가론에 저항해온 기록입니다.

현실의 벽을 허무는 위대한 도전이
역사 진보의 원천입니다.

'왜 안 되는데…?'
버릴 수 없는 화두입니다.

나의 꿈

애벌레에서 나비로의 혁명적 변화,
『꽃들에게 희망을』이란 책이 주는 영감입니다.

눈앞에 있는 것들에 목숨을 걸고,
서로를 밟고 서야 하는 애벌레의 삶.

고치를 틀고 스스로 가두어서
자유롭게 세상을 나는 나비로 거듭나는 삶.

우리는 한때 애벌레처럼 살며 싸워왔습니다.
그러나 이제 나비로 살 수 있다고 믿습니다.

꽃을 찾아 날아
꽃들의 사랑을 전하는 나비

노래 가사처럼 꽃들에게 희망을 주는,
우리 모두 나비가 되는 세상을 꿈꿉니다.

제2장

겨울나기

"타락한, 실패한, 멸망한 국가와 공동체에서
살아가는 개인의 삶이
결코 행복하지도 성공적이지도 않았다는
엄연한 사실 앞에 겸허해져야 합니다."

- 박명림, 『민주공화국에서 국가를 다시 생각하다』 중에서 -

죽음의 땅

35분에 한 명꼴로 목숨을 끊는 자살률 1위.
청소년 자살률도 10년 새 4배 증가해 1위.

출산율은 0.7명 선조차 곧 무너지고
서울은 이미 0.59명까지 떨어진 나라.

죽음의 땅,
미래를 포기한 사람들이 사는 곳!

국가의 거대한 실패,
정치는 책임지지 않습니다.

대한민국에 황혼이 깃든 후에야
미네르바의 올빼미는 날아오를까요?

전쟁의 일상화

우리나라 상위 1%는 국민소득의 14.7%,
상위 10%는 하위 50%의 14배인 46.5%를 차지합니다.

미국 다음으로 소득 집중이 높은 나라,
불평등은 극심하고 국민행복지수는 낮습니다.

개천에서 용 난다는 것은 헛말,
산다는 것이 하루하루 전쟁과도 같습니다.

산이 황폐한 책임을 나무에게 묻듯
국가의 실패를 국민에게 묻고 있습니다.

불평등을 해결하는 것은 국가의 책임입니다.
증세를 말하는 정치인이 없다는 건 비겁합니다.

각자도사(各自圖死)

GDP 대비 공공사회복지 지출 비율(2019년)이 12.2%,
OECD 평균 20.0%에 비추어 보면 빈약합니다.

어린이집은 민간 73.7%, 국공립 16.4%로
나랏일을 민간이 떠안는 비중이 압도적입니다.

노인장기요양서비스를 제공하는 요양기관은
민간이 99.3%, 국공립은 고작 0.7%로 더 심각합니다.

요람에서 무덤까지 부익부 빈익빈.
누군가는 이를 각자도사(各自圖死)라 부릅니다.

그런데도 되레 복지예산을 축소하겠다는 윤석열 정부,
절망의 구름에서 비가 내리고 있습니다.

부모를 잘 만나는 능력

입는 옷, 타는 차, 사는 집, 하물며 동네까지
사소한 모든 것이 신분증명서가 되었습니다.

피라미드처럼 서열화된 사회,
어릴 때부터 위만 바라보도록 길러지는 사람들.

소득 격차는 상·하위 20% 간 5배가 넘고,
자산 격차는 더 벌어져 중산층이 붕괴하고 있습니다.

'부모를 잘 만나는 능력'(정유라의 말),
이른바 금수저가 아니면 기댈 언덕이 없습니다.

보수는 그렇다 치고 진보는?
부끄러움은 어느 한쪽의 몫이 아닙니다.

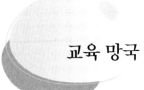

교육 망국

중졸 이하와 대학 이상 간의 소득 격차는
153만 원(2006년)에서 409만 원(2020년)으로 벌어졌습니다.

학력에 따른 사회적 차별 문제가
'좋은 대학'에 목을 매개 만듭니다.

그러나 대학 진학률은 70%대 초반,
소위 '좋은 대학'에는 10%도 진학하지 못합니다.

90% 이상의 청소년들이 좌절을 경험하는 현실,
특히 서울대 합격자의 43.4%가 강남 3구 출신입니다.
(2021년, 일반고 기준)

기회의 창으로서 교육은 무너졌습니다.
교육입국이 아니라 교육 망국입니다.

친구가 없는 아이들

"적자생존은 틀렸다.
진화의 승자는 최적자가 아니라 다정한 자였다."

『다정한 것이 살아남는다』라는 책의 메시지입니다.
협력과 소통이 인간이 번성한 이유라지요.

그런데 왜 정글 식 경쟁 교육을 고집할까?
친구가 없는 아이들이 늘고 있습니다.

1등인 사람과 나머지 비인간으로 구분되는,
그래서 1등이 2등 하면 자살하는 현실.

교육이 아니라 사육입니다.
교육혁명, 더이상 미룰 수 없습니다.

대학 무상교육

지난해 초중고 사교육비 총액이 26조 원,
교육부 유초중등 예산 81조 원 대비 1/3이었습니다.

이는 역대 최대치로 1인당 월평균 41만 원,
규모와 참여율 모두 급증했고 양극화는 심화했습니다.

4년제 대학 등록금은 평균 680만 원대,
일부 대학은 1,200만 원이 넘기도 했습니다.

독일의 경우 사회복지 중심에 교육 평등이 있습니다.
기본은 대학교까지 무상 공교육입니다.

우리는 왜 안 되고 있을까… 재정 때문에?
독일은 2차대전 패망 직후 시작했습니다.

화려한 불행

큰 물방울이 작은 물방울을 삼키듯
서울은 지역을 빨아들이고 있습니다.

기회의 땅? 청년이 서울로 몰려드는 이유입니다.
그러나 홀로 살아남아야 하는 1인 가구가 38.2%.

자녀는 '기쁨'보다 '부담'이 되고, (10명 중 8명)
사회는 공정하지 않다고 느낍니다. (60.9%)

심지어 건강수명조차 소득에 따라 차이가 납니다.
1분위(65.6세)와 5분위(73.9세) 간 격차는 8.4세. (2020년)

〈2023년 세계행복지수〉 발표 기준 한국은 57위입니다.
'화려한 불행', 대한민국의 질적 전환이 필요합니다.

서울공화국

균형이 무너진 대한민국의 상징, 서울공화국.
불행히 삼투 현상은 현재진행형입니다.

의사 찾아 서울로, 변호사 찾아 서울로,
지역의 일상조차 서울에 빨려듭니다.

생활은 이념보다 질겨서
지역분권, 균형발전의 구호보다 앞서고,

아련한 향수조차 부모 세대의 몫일진대
청년이 돌아오는 지역이란 가능할까?

비틀린 몸은 치료 없이 회복되지 않습니다.
새로운 상상력이 필요합니다.

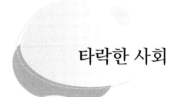

타락한 사회

1995년 스웨덴 총리 지명 1순위였던 모나 살린은
법인카드, 자녀 탁아소 비용 연체 등으로 물러났습니다.

과할 정도로 부패로부터 멀어지는 것,
성숙한 민주주의에 핵심적 요소입니다.

지난해 우리나라 국가 청렴도 순위는 31위.
올해 정치인 불신은 82.1%라는 조사 결과가 있습니다.

레가툼(영국 싱크탱크)에 따르면, 사법 신뢰도 또한
146위(2013년)에서 155위(2023년)로 9단계 추락했습니다.

사회적 자본(사회적 신뢰) 지수 167개국 중 107위,
책임 있는 사람들이 더 타락한 결과입니다.

전쟁과 평화

"평화를 원한다면 전쟁을 준비하라."
로마 전략가 베게티우스의 말입니다.

"로마인들은 약탈, 학살, 강탈을 제국이라고 부르고,
폐허를 만들어 놓고 평화라 부른다."

칼레도니아 족장 칼가쿠스의 반박입니다.
약자의 굴복, 전쟁에 의한 평화라는 뜻입니다.

현 정부는 베게티우스를 금과옥조로 여길까요?
힘에 의한 평화, 남북전쟁 불사를 공언합니다.

평화에 대한 철학의 부재가 위태롭습니다.
남북관계는 힘으로 해결될 수 없습니다.

냉탕과 온탕

독일 통일의 아버지 빌리 브란트의 동방정책은
통일정책이 아니라 평화 공존 정책이었습니다.

동구 공산권과의 화해는 다른 한편
동독의 고립, 서독의 경제시장 확대로 이어졌습니다.

사민당에서 기민당으로 정권이 넘어갔지만
헬무트 콜 수상은 동방정책을 계승했습니다.

정책은 일관성이 없으면 신뢰도 결과도 없습니다.
냉탕과 온탕을 오가는 우리의 한계입니다.

지금이라도 남북관계에 대한 국민적 합의를 만듭시다.
정권이 바뀌어도 정책은 예측 가능해야 하니까요.

아베의 그늘

트럼프, 바이든의 인도·태평양 전략은
중국을 겨냥한 일본 아베의 선물로 회자됩니다.

한·미·일 3국 군사 공조는 중국을 겨냥한 것으로
한국(과 대만)은 전쟁 국가, 일본은 기지 국가가 됩니다.

왜 우리가 미·중 대결의 첨병이 되어야 합니까?
일본의 제국주의적 새 구상의 그늘일 뿐입니다.

한·미 동맹, 한·일 협력, 필요하고 중요합니다.
그러나 중국·러시아도 좋은 관계로 발전시켜야 합니다.

192개국(2023년 5월 기준)과 수교하고 있는 나라답게
높은 수준의 K-외교전략을 마련해야 합니다.

어깨동무

"뭐든 여럿이 노나 갖고
모자란 곳을 두루 살피면서 채워 주는 것,
그게 재미난 삶 아니껴."

『혼자만 잘 살믄 무슨 재민겨』라는 책에서
전우익 선생님이 주신 말씀입니다.

행복은 남을 누르는 승리가 아니라

어깨동무하며 함께 걷는 것입니다.

서명진 시인의 질문,
'왜, 바나나는 어깨동무를 하고 있을까요?'

사랑하기 때문에
사랑하기 때문에…

사회적 연대

월 250만 원 미만 임금을 받는 노동자가 49.8%,
월 800만 원 이상 받는 노동자가 6%입니다.(2021년)

대기업, 정규직 노동자(300인 이상 10.8%)와 중소·영세기업,
비정규직 노동자(30인 미만 63.9%)가 양극화되어 있습니다.

노동시간, 노동소득, 복지문제가 여전한 과제이지만
정책은 윗목과 아랫목의 차이에 주목해야 합니다.

동일노동, 동일임금 원칙 적용이 시급합니다.
대기업 정규직과 하청기업 비정규직이 연대해야 합니다.

대기업은 하청기업에 충분한 이윤을 보장하고,
정부는 대기업에 그에 상응한 인센티브를 주면 됩니다.

사회적 연대와 책임, 노동운동의 사명입니다.

아포칼립스

지구 환경을 지키기 위해 아이를 낳지 않는 사람,
아니 아이를 낳으면 무책임하다는 사람들까지 있습니다.

위기를 넘어 재앙이라는 신호와 경고,
무엇보다 올해 여름의 더위는 체감지수를 높였습니다.

핵사용 위협을 경고하는 미국 핵과학자회가 공개한
'지구 종말 시계'는 10초 당겨져 앞으로 90초 남았고,

산업화 대비 1.5℃ 상승하는 시점을 표시하는
'기후위기시계'는 약 5년 8개월 남았다고 알려줍니다.

아포칼립스(세계의 종말)는 먼 미래의 얘기가 아닙니다.
생명과 공존의 철학을 가진 리더십이 관건입니다.

제3장

세상의 모든 나들

김남석 교수의 『세상의 모든 나들』이라는 책은
세상 모든 이야기 속의 '나'에 관한 탐구입니다.
세상 속에서 여러 가지 모습으로 나타나지만
모두 또 다른 '나'들입니다.

이순(耳順)의 생각

"너는 커서 무엇이 되고 싶은가?"
"어른이요."

고등학교 재학 시절
선생님의 질문에 대한 한 친구의 답변이었습니다.

놀라워라, 어른이라니.

"어린아이와 같이 자기를 낮추는 사람이
천국에서 큰 자니라." (마태복음 18장 4절)

이순(耳順)이 되어 다시 보입니다.

어른스럽게 행동한다는 것은
아이처럼 자신을 낮추는 것입니다.

새벽기도

고등학교 2학년 때 5·18을 겪었습니다. 충격과 혼란.
어느 날부터 담임 선생님이 학교에서 보이지 않았습니다.

학교를 그만둘 작정으로 친구와 검정고시를 봤습니다.
둘 다 합격, 친구는 학교를 떠났고, 저는 남았습니다.

학교를 정말로 떠난 친구의 용기에 감동하면서도
선뜻 결단하고 따를 수 없었습니다.

광주천을 따라 밤길을 걸으면
예광탄의 궤적이 여기저기 전깃줄처럼 어른거렸습니다.

교회를 더 자주 찾았습니다.
새벽기도를 드리면 마음이 평온했습니다.

고백교회

외숙부댁에서 서울 유학 생활을 시작했습니다.
한강의 두꺼운 얼음만큼이나 낯선 시간들.

외숙부(장로) 손에 이끌려 은마교회를 다녔는데,
김찬국 목사를 통해 본 회퍼 목사를 알게 되었습니다.

히틀러를 그리스도로 숭배하는 독일 교회를 비판하고,
나치에 저항하다 결국 순교한 본 회퍼 목사.

신학 교수로 미국의 초청도 받았으나
고난받는 독일 국민과 함께 있고자 고사했습니다.

그런 신학자들이 만든 교회가 독일의 고백교회,
제가 광주에 있는 고백교회 집사가 된 연유입니다.

기독학생회

'기독교'학생회가 아니라 '기독'학생회였습니다.
기독은 그리스도, 히브리어로 메시아란 뜻입니다.

종교라는 영역에 가두지 않고 온몸과 삶으로
이 시대의 메시아가 되고자 하는 학생들.

신앙에 대한 새로운 고민이 시작되면서
서울대 기독학생회를 제 발로 찾아갔습니다.

십자가를 교회의 상징이 아닌 소명으로,
신앙을 고난받는 이들과의 동행으로 받아들였습니다.

향린교회 집회 중에도 최루탄을 투척하던 시절,
눈물 속 기도는 저를 연단(鍊鍛)시켰습니다.

저와 함께한 평생의 삶이 연단인 제 아내는
이화여대 기독학생회 출신입니다.

당신 뜻대로

1985년 5월 1일, 노동절 시위를 주도하기 위해
저는 영등포로터리의 한 건물 옥상에 올랐습니다.

이미 경찰의 삼엄한 경계가 펼쳐져 있었으나
선물꾸러미를 든 풋풋한 청년 행세로 통과했습니다.

식은땀을 흘리며 경찰 앞을 걸어갈 때도 그랬고,
전날 잠들 때는 '내일 일찍 깨지 않기를' 바랐습니다.

"이 잔을 저에게서 거두어주소서."
예수님의 겟세마네 기도가 자꾸 떠올랐던 순간들.

끝내 기도는 이렇습니다.
"그러나 제 뜻대로 마시고 아버지의 뜻대로 하소서!"

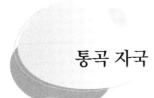

통곡 자국

고등학교만 졸업하면 취직시켜야지 했던 아들이
떡 하니 서울대 정치학과를 들어갔습니다.

대학을 졸업하면 이제 살림 좀 나아지려나 했더니
집에 형사가 찾아오고 급기야 감옥 갔습니다.

빨치산이다 뭐다 해서 지 애비도 속 썩이더니
내가 전생에 무슨 죄를 지었길래 이럴까잉.

제가 감옥 다녀온 후에야 아버지 얘기를 해주시던,
첫 면회 와서는 주저앉아 통곡만 하시던 어머니.

어머니 팔에는 '인공난리' 때의 총알 자국이 있습니다.
제 가슴에는 어머니의 통곡 자국이 남아 있습니다.

흔들리며 피는 꽃

"우리는 오늘 패배하지만,
내일의 역사는 우리를 승리자로 만들 것이다."

1980년 5월 27일, 계엄군의 도청 진압 작전 때
장렬히 전사한 윤상원 열사의 마지막 말씀입니다.

그 말씀에 비친 나는,
얼마나 흔들리며 살아왔을까?

패배의 두려움에 짓눌리고,
세속적 달콤함에 흔들리고,

부끄럽지 않아서가 아니라
마지막까지 부끄럽지 않기 위해,

멀리서, 그의 뒤를 따릅니다.

위장취업

"대학 가서 높은 구두 신고 축제도 가보고 싶고…"
"아버님 병원비가 부족해 죽어라 일은 하는데…"

1986년 부평의 어느 공장에 취직했을 때
학생운동 때와 전혀 다른 삶들을 만났습니다.

동료들의 위장취업 의구심을 걷어내기까지 약 한 달,
이후『노동의 새벽』을 같이 읽고, 소주를 나눴습니다.

작업복이 편해지고 사람들과 스스럼없이 어울릴 무렵
저는 '반제동맹' 사건으로 다시 체포되었습니다.

수갑을 차고 경찰과 함께 회사를 현장 답사할 때
망연자실 바라보던 동료들이 지금도 눈에 선합니다.

촛불처럼

감옥을 전전하는 동안 참 많이 굶었습니다.
영등포 구치소에서는 21일 이상 단식투쟁을 했습니다.

"보기에는 약해 보이는 사람이 어찌 그리 단단한지."
마음을 비운 저를 보고 교도관들이 하는 말이었습니다.

몸이 부딪치는 격렬한 싸움은 해본 적이 없습니다.
자신을 태우는 촛불이 제겐 더 쉬웠습니다.

"육신이 흐느적흐느적하도록 피로했을 때만
정신이 은화처럼 맑소." (이상의 『날개』 중에서)

육체적 한계가 극에 달했다 느낄 때
그런 선물 같은 순간도 경험하면서…

바보가 돼라

『사회평론』(월간) 편집장으로 일하면서
박호성 교수(편집위원장) 등을 만난 것은 축복이었습니다.

어느 날 박호성 교수가 영화를 보자며 불러냈습니다.
제가 약속 시간보다 한 10분 늦었습니다.

"약속을 지키는 데는 바보가 돼라."
무심히 하신 이 말씀은 제 좌우명이 되었습니다.

사소한 약속부터 큰 약속까지
약속은 바보처럼 지키는 것입니다.

'바보'라는 단어는 우공이산(愚公移山)과 더불어
훗날 노무현 대통령을 상징하는 말이 되었습니다.

김대중 산맥

우리 시대는
김대중이라는 거대한 산맥에 의해 분기되고 발원합니다.

'인동초'의 비유는 선생님의 고난을 상징하지만,
그분 사상을 온전히 담은 그릇은 아닙니다.

1992년 대선, 서른 살 나이로 선생님을 모셨습니다.
『대중경제론』 출간, 버스투어 기획에도 참여했습니다.

마지막엔 TV 연설문을 쓰는 영광까지 누렸습니다.
한 글자도 수정 없이 읽어주실 땐 감격했습니다.

내년 1월 6일은 선생님 탄생 100주년입니다.
우리에게 제2의 김대중을 만날 행운이 있을까요?

조화로운 삶

현실 정치는 교과서 속의 정치와 달랐습니다.
교과서는 이상을, 현실은 진흙탕을 보여주었습니다.

"좋은 사람들과 아름답게 살기에도 시간이 부족해",
아내 얘기대로 여의도를 떠나 고향으로 왔습니다.

김대중 대통령 당선 이후
청와대 근무도, 광주 출마 권유도 마다했습니다.

지역 시민사회의 발전에 땀 한 방울 보태는 것이
더 기쁘게 제가 할 일이라 여겼습니다.

스콧 니어링 부부의 '조화로운 삶',
저희 부부의 로망이 되었습니다.

아니 온 듯 다녀가소서

장성 축령산 자락에 있는 황토집 세심원(洗心院).
집주인은 열쇠 100개를 만들어 이웃에 나누었답니다.

아무 때나 들러도 되는 집,
'아니 온 듯 다녀가소서'란 팻말이 집을 지킵니다.

이명박 정권이 4대강 사업으로 나라를 들쑤실 때
저는 광주환경운동연합 집행위원장이었습니다.

정부 지원사업을 끊고 맞서 싸워야 했습니다.
시민 참여가 늘어 오히려 활력이 넘쳤습니다.

환경은 파괴는 쉬워도 복원은 어렵습니다.
자연과 더불어 사는 인간의 지혜가 절실합니다.

아니 온 듯 다녀가소서!

포토노이아

포토노이아(Photonoia)란 말이 있습니다.
사진(Photo)과 메타노이아(Metanoia)의 합성입니다.

메타노이아는 그리스어로 마음을 바꾼다는 뜻이니
포토노이아는 사진으로 자신을 바꾸는 것을 말합니다.

저도 사진기로 세상 보기를 10년 넘게 했습니다.
이곳저곳 전국을 다니면서 마음을 담았습니다.

아들을 교통사고로 잃은 후의 일이었습니다.
어쩌면 저에게도 사진이 치유의 과정이었나 봅니다.

영혼의 상처는 대부분 개인의 몫으로 남아 있습니다.
이제는 트라우마 극복을 공공이 맡아야 합니다.

시민의 힘

"민주주의 최후의 보루는
깨어 있는 시민의 조직된 힘입니다."

노무현 대통령의 말씀에서 착안해
2012년 대선 패배 후 '시민의힘'을 만들었습니다.

팬클럽을 뛰어넘은 시민 정치조직,
지속 가능한 정치단체를 지향했습니다.

시민교육, 사회봉사, 정치적 발언 등
2017년 대선까지 의미 있는 활동을 이어갔습니다.

당원 중심주의 이름으로 포퓰리즘이 극성인 요즘
시민 정치 활동이 균형을 잡아주길 기대합니다.

노무현길

2016년 11월 13일, 광주 문빈정사 앞뜰에
'무등산 노무현길' 표지석(진성영 작가)이 세워졌습니다.

노무현 대통령이 후보 시절의 약속을 지킨
무등산 등산(2007년 5월 19일)을 기리는 일이었습니다.

저는 당시 광주노무현재단 운영위원장으로
재단의 숙원사업을 풀어낸 보람을 맛보았습니다.

광주가 가장 광주다웠던 순간은
노무현 후보에 대한 전략적 선택이었습니다.

지역 대결의 질곡이 민주 연합으로 극복되는,
우리 역사의 새로운 시작을 알리는 쾌거였습니다.

신념과 의리

문재인 대통령은 당선되기 전
호남의 싸늘한 시선에 고통 이상으로 슬퍼했습니다.

국민의당 돌풍이 불던 2016년 총선,
문재인 후보를 돕는 저 같은 이들도 비난받았습니다.

문재인 전 대표의 광주 지원 유세를 막아달라,
민주당 후보들이 부탁할 지경이었습니다.

신념이 없으면 상황을 탓합니다.
의리가 없으면 동지를 버립니다.

인간의 마음이 민주주의의 첫 번째 집,
진보는 이익보다 가치를 위한 헌신입니다.

오월어머니

저는 1년여 근무한 청와대를 떠나면서
대통령과의 의례적 기념사진도 남기지 못했습니다.

옛 전남도청 원형 복원을 요구하는 오월어머니들이
청와대 앞 분수대에서 농성을 시작했기 때문입니다.

바닥에서 주무시고, 빗속에 삭발하고,
한 움큼씩 약을 드시는 어머니들이 단식에 나섰습니다.

"건물 구석에서 우글거리는 영혼들을 너는 못 보지",
응급실로 실려 가면서까지 하시는 어머니들의 말씀….

함께 눈물을 훔치며 어머니들을 모셨습니다.
지난 10월 30일, 원형 복원 착공식이 열렸습니다.

디케의 저울

다윗이 골리앗을 이겼습니다.
지난 총선, 민주당 경선에서 저는 승리했습니다.

구청장 두 번, 지역위원장까지 지낸 후보를 상대로,
모두가 불가능이라 말할 때 기적을 일으켰습니다.

상대방의 약점, 흠집 따위 공격하지 않았습니다.
오히려 그런 정치를 바꾸겠다고 선언했습니다.

그런 아름다운 경선의 결과를 당이 뒤집었습니다.
디케의 저울이 작동하지 않았습니다.

저를 통해 변화를 갈망한 시민들이 더 아팠습니다.
정치는 그분들을 아프게 할 권한이 없습니다.

1급수

수지청자 상무어(水之淸者 常無魚).
물이 너무 맑으면 고기가 살지 않는다.

정치인의 허물을 덮는 채근담의 삿된 처세술입니다.
춘풍추상(春風秋霜)이 지도자의 바른 덕목입니다.

저는 우리 당 이낙연 전 대표의 말직 비서였습니다.
정권 재창출의 길은 그분에게 있다고 믿었습니다.

물이 너무 맑아 실패했다는 평가는 약과였습니다.
거듭된 가짜뉴스, 악마화는 혀를 내두르게 했습니다.

정치가 탁하면 악화가 양화를 구축합니다.
1급수는 사람도 고기도 함께 마실 수 있습니다.

새로운 진보

"(참여정부)정권 재창출에 실패한 것이 가장 아팠습니다.
최고의 치적은 정권 재창출입니다."

촛불항쟁으로 문재인 정권이 탄생한 후
대통령의 회한과 다짐의 말씀이었습니다.

또 실패했습니다.
부끄럽고 죄송합니다.

국가가 위태롭고 전망은 암울합니다.
정당은 팬덤으로, 국민은 진영으로 갈라졌습니다.

새로운 진보, 정치의 대전환이 필요합니다.
포용과 상생의 길로 나아가야 합니다.

뿌리 깊은 나무

제 사무실에 있는 열 폭짜리 병풍,
잡지 『뿌리 깊은 나무』 표지 사진들입니다.

두 손으로 쌀을 받치는 주름진 할머니 손이 모델,
잡지는 한글 가로쓰기를 처음 적용해 창간되었습니다.

판을 뒤엎은 잡지, '혁신'은 이럴 때 씁니다.

노인, 문맹자, 전통 생업자, 이름 없는 사람일 것,
몇 가지 조건으로 엄선한 사람들의 『민중자서전』.

모두 보성 사람 한창기 선생 얘기입니다.
판소리, 도자기, 칠첩반상기, 천연염색….

전통문화의 복원, '기품' 있는 우리 문화.

혁신, 필요합니다.
기품, 그립습니다.

박시종이 걸어온 길

- 1964년 전라남도 화순군에서 태어났다. 광주남초등학교, 광주제일중학교, 전남 고등학교, 서울대학교 사회과학대학 정치학과를 졸업하였다.
- 서울대학교 재학 시절 서울대 삼민투위원장을 맡아 학생운동에 헌신하다 투옥 되었다. 그 이후 인천5·3항쟁 참여 등 민주화운동을 지속하다 군부독재시절 대표적 용공조작사건인 '반제동맹사건'으로 다시 투옥되는 등 평생에 걸쳐 평화 통일과 민주주의, 복지국가 건설을 위해 헌신했다.
- 도서출판 남풍 기획부장과 월간 사회평론 편집장으로 출판, 언론에 종사했다.
- 편집장 재직시 김대중 대통령 후보를 인터뷰하게 된 것을 계기로 1992년 대선 당시 김대중 대통령 후보 비서실 전략기획팀 [평화기획]에서 일했으며, 『대중경제론』 등 후보의 저서 출판은 물론, 사상 최초로 도입된 대통령 후보 TV 연설을 앞두고 긴급 투입돼, TV 연설문을 직접 쓴 사람(2개월 간 집에 들어가지 못했다는 일화 등)으로서 대통령 후보의 방송 TV 연설문을 후보가 한 자의 수정 없이 연설 할 만큼 탁월한 전략기획의 역할을 담당했다.
- 노무현재단 광주지역위원회 시민학교장, 운영위원장, 공동대표, 고문 등을 거 쳤으며, 운영위원장 재임 시 "무등산 노무현 길" 조성을 진두지휘하며 광주를 비롯한 전국에 '참여민주주의'와 '깨어있는 시민의 조직된 힘이 민주주의 최후 의 보루' 등 〈노무현 정신〉을 고취시키는 데 앞장섰다.
- 시민단체로서 시민정치조직을 표방한 〈시민의힘〉 운영위원장, 상임대표를 거 쳤으며, 시민기반의 지역사회 발전전략과 정책 개발, 시민정치운동과 지역과 지역민의 삶의 질 향상을 위한 정치적, 민간거버넌스 역할과 의미를 세우고 자 원봉사활동 등에 적극 나서 시민 참여를 알리며 '시민민주주의' 구현을 공고히 했다.
- 18대 대선에서는 이명박 정권 시절 정권교체를 위해 결집한 야당, 시민사회, 노

동계의 연합조직인 〈혁신과통합〉 광주조직에서 전략기획위원장을 맡아 활약했으며, 당시 문재인 전 대통령과의 인연에 따라 2012년부터 2017년까지 문재인 대통령 당선을 위해 핵심적 역할을 수행했다.

- 19대 대선에서는 문재인 대통령 후보 두 번째 도전의 선거에는 〈포럼광주〉 사무총장으로 민주당 광주시당 선대위 전략기획홍보총괄본부장 등을 맡아, 촛불 대선을 주도하여 정권 창출 이바지했다.
- 19대 대통령 취임과 더불어 3기 민주정부의 문재인청와대 1기 국정상황실 선임 행정관으로서 대한민국 국정 전반의 상황을 운영 관리하는 주도적 역할을 담당하며 비서실에서 대통령을 보좌했다.
- 더불어민주당 대표 비서실 부실장으로서 이낙연 당대표를 보좌하였으며, 아문법, 한전공대특별법, 여순항쟁특별법 등 우리 지역 현안은 물론, 422개 법안 통과와 정치개혁 등에서 최대 성과를 이루는 데 기여했다.
- 21대 대선에서는 이재명 대통령 후보 총괄선대위원장 부실장으로서 "영남거주 호남인 100만 지지선언"을 조직하는 등 전국 호남인의 결집을 이끌었고, 전국 발전사노조 지지선언, 시니어노조·각장애인단체 지지선언을 통해 사회적 약자 지지기반을 완성하고, 산업과 생활 속 ESG를 통한 대한민국의 산업·무역·에너지 대전환 의미를 주도하는 등 대선에 기여했다.
- 지금은 김대중 대통령을 모시는 26년 역사의 (사)한반도평화경제연구원 이사, 김대중재단 청년위 자문위원 활동 등을 포함해 한국정치의 혁신적인 발전, 국가발전과 지역성장·미래세대를 위해 활발히 활동을 전개하고 있다.

KI신서 11606

1급수
박시종 생각타래

1판 1쇄 인쇄 2023년 11월 27일
1판 1쇄 발행 2023년 12월 11일

지은이 박시종
펴낸이 김영곤
펴낸곳 (주)북이십일 21세기북스

TF팀 이사 신승철
TF팀 이종배
출판마케팅영업본부장 한충희
마케팅1팀 남정한 한경화 김신우 강효원
출판영업팀 최명열 김다운 김도연
제작팀 이영민 권경민
디자인 다함미디어 | 함성주 유예지

출판등록 2000년 5월 6일 제406-2003-061호
주소 (10881) 경기도 파주시 회동길 201(문발동)
대표전화 031-955-2100 **팩스** 031-955-2151 **이메일** book21@book21.co.kr

© 박시종, 2023

ISBN 979-11-7117-292-4 03810

(주)북이십일 경계를 허무는 콘텐츠 리더

21세기북스 채널에서 도서 정보와 다양한 영상자료, 이벤트를 만나세요!
페이스북 facebook.com/jiinpill21 포스트 post.naver.com/21c_editors
인스타그램 instagram.com/jiinpill21 홈페이지 www.book21.com
유튜브 youtube.com/book21pub